Rapiarium

LARANJA ● ORIGINAL

Rapiarium

1ª edição, 2024 · São Paulo

Régis Mikail

Que manifestação tão forte e vigorosa que abala todas as coisas internas do homem, não apenas as do coração, mas também as do corpo. Sem forças para suportá-la, elas vacilam e são derrotadas brilhantemente. Daí, a sua visão interna, livre de névoa, faz-se clara e conforme àquele que ela enxerga, assim dissipando todas as coisas vãs, alheias a tudo que não seja ele próprio, da mesma maneira que o vento vigoroso a neblina dissipa.

GERLAC, *Soliloquium* (X, ll. 293–299)

O que eu queria mesmo é arrebentar meu lado compassivo, não sofrer mais de piedade, ficar dura como o quê? Como granito, diamante, como a jiribaita de algum jegue-gorila, ou ficar gling glang bossa Ofélia caindo dentro de regatos, lerda abobada, ou fazer lobotomia e ficar fria.

HILDA HILST, "Tempo de trevas"

NOTA DO AUTOR

"Agarrar", "atacar", "oprimir", "capturar", "captar", "compreender" são alguns significados do verbo latino *rapere*, do qual deriva o nome *rapiarium*. Trata-se de uma compilação de ideias, dizeres, citações e *insights* nem sempre coesos, rapidamente anotados pelo asceta em meditação; pensamentos sobrevindos ao acaso, enquanto o escritor-copista lia munido de tinta e pena.

O *rapiarium* surgiu no contexto da *devotio moderna*, corrente de inspiração mística do catolicismo, por volta do século XIV, principalmente nos Países Baixos. A prática pressupunha que da experiência do indivíduo se desencadeasse a experiência divina. Assim, ao materializar esses pensamentos por escrito, a intenção era desenvolver o contato permanente com Deus a partir das impressões íntimas despertadas.

Esse processo de escrita compreende uma "ruminação com o coração". Assim, as anotações, principalmente as positivas, serviam para o uso oracional de quem escreve, integrando-se à sua vida interior com o intuito de aperfeiçoá-la.

Como a maioria desses textos foi registrada em suportes degradáveis — por exemplo, em pedaços de papel, couro ou tábuas de cera —, muitos não sobreviveram ao tempo. O *rapiarium* mais conhecido que chegou até nós é *De imitatione Christi*, de Tomás de Kempis (c. 1380–1471), texto seminal não apenas para a mística católica, mas para a percepção do fenômeno místico como um todo.

Outro *rapiarium* preservado, embora menos conhecido, é *Soliloquium*, compilação de pensamentos e visões de teor místico e devocional do asceta neerlandês Gerlach Peters (1377 ou 1378-1411). Gerlacus Petri, como é conhecido em latim, atuou quando menino em um mistério no papel da Virgem Maria. Logo se identificou o caráter extraordinário de sua devoção, e Peters foi admitido em um claustro em Windesheim. Porém, seu alto grau de miopia o impossibilitava de acompanhar as orações, o que impediu sua ordenação. Resignou-se a executar, pacatamente e mesmo com alegria, as tarefas mais baixas da vida religiosa, certo de que (apenas) assim estaria uno com Deus. Apesar de sua deficiência visual, ou justamente por causa dela, Peters vislumbrou e criou alegorias luminosas, elemento marcante em seus textos. Em um acesso de humildade extrema, Peters solicitou que seus escritos fossem destruídos após sua morte precoce, decorrente de cálculos renais. De fato, era costume que os irmãos fossem enterrados com os *rapiaria* anotados por eles ou que estes fossem destruídos. No entanto, contrariando os costumes e os próprios pedidos do moribundo, Jan Scutken, em desobediência, preservou e organizou os escritos de Peters.

A plena noite no quarto,
sob o sol do meio-dia, as cortinas fechadas
criam
o corpo intacto;
sobre os olhos, dois óbolos,
e o sonho de uma soneca
me leva até o retiro de
revoada suspensa.
    Trens,
        lazaretos,
            transes no meio caminho
                do destino certo e desconhecido
                    em trânsito enclausurado.

    O apito do chefe da estação desperta, raivoso, a algaravia do susto, o ralho.
    As suspeitas chiam, as crenças sublimam.
    Da estação abandonada rumo a uma igreja sem fiéis, passo até a abadia,
        por quebradas passos firmes
            ruelas sem espaço — lá espero tocar a fé.

O músico arranhou
　uma melodia,
　espalhava notas,
　mínimas não eram,
　então as semínimas
　ou
　certa faca obtusa,
　haste com lâmina apontada
　　reparte das colcheias
　dalgum gênio
　　até semifusas
　perfurarem pulmões,
　　hélio e oxigênio,
　crases, almas difusas.

A maleta se arrasta, incomodando passantes, enquanto ando pensando, pareceu advento, mas não passou de acaso: — quem dá outros nomes às cores não é necessariamente pintor, enxerga o que ouve.

A vertigem de um mosteiro entalhado na montanha
quando a visão remói miúdos,
acórdão de um coração condenado:
mais uma sanfona na rua
ou na pele do órgão desde o coro.

O fogo alardeado
na bocarra já acalanta:
vai te custar o figo
que entregou aos homens
o sicofanta!

E se o novelo virou linha na ponta dos dedos,
do fígado se fez doce,
ninguém fala do gosto
de lamber metal:
sabe de música
e daquilo não se canta.

Um bando irrompe na praça. Mambembes carregam tralhas nas costas. O palhaço se volta, faz momices etc.
— Se ouvi falar de peste?
Sério ou bufão, não sei; sem esperar resposta, corre atrás da trupe, balões derribam botecos e suas xícaras largadas
pela melodia,
outra nota semifusa,
morte em música,
lâminas bífidas,
a partitura se desintegra.
Eles saltitam e plantam bananeira,
todos feitos
iguais bobice
    costumeira.

    Íntegros, eles,
os que creem
e os que não creem
os que hesitam se crer
os que hesitam em crer
hesitam
em não querer.

Estranho calvário do espírito. Deus, palavra! — exaltam aquilo que abominam e abominam aquilo que exaltam.

Pisoteiam lá do Altíssimo que abateram,
 eles próprios um boi; esmagam os colhões do bicho que é mãe, leite e terra,
  à espera de castigo divino nostalgiam pragas do arco da Caldeia,
  batem o recorde de mau gosto, martelando, recordando:
"Bons tempos!".

— Tão puramente inventado, nenhum tempo, nem mesmo o que sabe de agradável, pode ser lembrado.

As portas da abadia se abrem para uma recepção cercada de vidro. Há algo de empresarial no cristianismo, algo que intriga o catolicismo tão íntegro, em todos os sentidos,
 tão global, quase protestante.

Se o átrio é transparente no vidro perdido em meio ao concreto, sucursal de Deus, a empresa;
 Empresas parecem mais familiares, mais que qualquer igrejinha,
  por mais feias que sejam.
 Mas, tanto na igreja quanto na empresa, o esperado é sabido.
  Só não saberia como
 no sono
  perambulo até uma capelinha numa clareira.

Ranhuras venceram o tempo, afrescos sobre a madeira ressequida. Num desses quadrados, o corpinho de Satã, até que bem-preservado, as presas e os pés bífidos. Crime perfeito, abandonado num rincão baldio. Vislumbre-se satanismo mais concreto, esquecido, que as figurações naquela pirâmide de danação.

Talvez eu não responda por mim;
 e não estou no lugar certo para não responder com a razão?

As portas se fecham às minhas costas. Miriam acolhe os recém-chegados, os refugiados de si. Dócil gentileza, a da oblata, que eu julgava inexistente nos católicos, até um pouco apressada. Não sei dizer se sua boa vontade é convencional. Pede um instante. Vejo a lojinha de artigos religiosos ao lado; a impressão de ter pacientado a quermesse de um longo domingo. Já ao chegar, o tempo decorre, outro. Como símio diante da maquinaria, procuro entender o ábaco de terços e rosários que serão desfiados e desgranados, sem instruções para aquela forma de amor chamada fé. De outra maneira, outra mente:

Não se prevê o amor nem o ódio que se nutre por Deus — acredito ter lido.

Quem procurar um manual para amá-Lo falhará como o mau amante, o conquistador que se inspira na pornografia.
Lá jazem badulaques no branco-azulado dos caixõezinhos de plástico
    do desagrado,
    o fardo
    rumo a parte alguma
    aonde me leva
    o nardo.

Folheio livros de horas, sedento pela vida monástica regular. Vendem o tempo. Nada mais incerto que o Amor em sua engrenagem tantã, sem hora para pousar. Finalmente percebo o tique, os dentes nas rodas dos sentidos me azeitam, e sou despejado até minha cela. Uma porta exígua se revela, corredor de chapisco, feto de uma prisão. A ela dão o nome de depressão; acreditei nela, através dela
      quando vir
       a Deus.

Não gostaria que tivesse sido assim, mas acredito ter percorrido o caminho até o quarto num prédio de alvenaria, amarelo e azul. Ao fim do túnel, minha célula de cimento áspero
— meu novo cilício.

Mal coloco a mochila sobre a cama, e alguém bate à porta. Um monge se apresenta. É irmão José, ri de coração distinto
do protocolar
"cordialmente".

Suspeito de sorrisos. De onde venho, só podemos ser sarcásticos. Ora, num monastério, os que aqui se retiram devem acreditar que arreganhar dentes é gesto tão espontâneo como gargalhadas. Deus se ri de nós, mas não mente.

Depois do almoço, após as vésperas, irmão José vai me apresentar ao abade da congregação beneditina: irmão André, taciturno hoteleiro das almas extraviadas. Os religiosos transmitem a impressão de saber no que os forasteiros pensam.

Rememoro que não sou vírus em busca de hospedeiro, não mais que falso liberto pedindo clausura.

Os religiosos não conseguem ultrapassar a barreira — não daquilo que se diz, mas do que é compreendido da maneira mais variegada. Onde uns veem cruzes, outros veem encruzilhada. Ainda
    quem veja ângulos retos
        chame visão
            perspectiva,
                milagre
                    de narrativa.

O absoluto feito irracional,
  o que pode ser mais humano do que acreditar num refinamento último de todas as crenças percorridas? Deus ultraprocessado, a linguagem serviu para isso? Palavra feita ex-voto?
Quem oferece
  bois
 sangue
  barro
 nata
  manteiga de garrafa
 tabaco
  ebó
incensos
  cabras
tridentes em ferro
  coca
pinga
  cigarros
ervas
  frutos e
flores
  e — talvez —
uma galinha
  está dando suas palavras,
as mais honrosas,
 sobre tudo
e antes de tudo.

Só que, para muitos, dar algo concreto é mais simples do que dar a palavra, pura oblação. Oferenda das oferendas, o brilho do sol, só isso.
   Prece superlativa,
     ofensa revivida,
       a síncope sobrevoou de longe
         antes de pousar o maremoto que barragens
não foram capazes de conter
    nem torrentes nem raios,
      dique de isolamento,
        como se a erosão quisesse me sepultar no colchão;
      e a náusea,
        ímpeto de voltar à cidade,
         único claustro que conheço —
o laico
dói o sentimento de piedade como doença,
   avalanche de suor
     desalento.
Que eu largue toda aquela empresa antes que seja tarde.

Vou sair à surdina, me enfiar numa estalagem naquele cu de Judas,
pegar o trem do dia seguinte para voltar quem sabe aonde
    e que lá me gele
     a escuridão
      aos pés.

Conheço bem a pacatez de um quarto de hotel, o barulho dos goles no tempo corrido, à meia-luz,
   o visitante na província,
      o gelo preso num quartinho
         comprimido
           derretido pelo álcool
              até que o efeito
                 nunca passe.

O cérebro do meditabundo insiste, turrão, no cômodo, que não deixa de ser doce para o Redentor. Ao menos na cela se apossa do corpo uma célula de um torto,
                vomitando para sempre
                e mais outros e mais celas
                desdobram vadias
              tempos
                de tão rápidos
              nem se percebe
                o corpo não suporta
              círios da saúde
                tampouco a mente
              a paz do altar.

Vaguear que nem nicotina no sangue, o passeio do cansado.

Vejo do catre, deitado e de olhos fechados, o quarto de criadas que larguei no vazio da cidade. O cheiro dormido de *Senhor de Phocas*, chafurdado em meio aos lençóis, à espera da última página para ser devorada.

Phocas, o santo, cultiva seu jardim, recluso;
segundo a lenda, soldados enviados a mando do imperador partem a perseguir o cristão, que de tão passivo e irreprochável representa perigo. Ao saberem de seu paradeiro, cavalgam até lá e batem à porta do casebre. O hospitaleiro recebe os forasteiros de bom grado; eles pedem água. Phocas, que tudo sente de seu coraçãozinho, um coraçãozinho de farinha e sal, dá de comer e de beber aos soldados do tirano. Prepara o seu próprio leito para eles, que descansem da viagem. Naquela noite dorme sobre o chão frio, mas come do pão do céu. Ao acordar, antes de retomar a missão, os soldados, ainda néscios, indagam novamente sobre o paradeiro do tal Phocas. Então o retrato se revela falado. Assumida sua identidade, o santo lhes entrega a espada em mãos, cortem-me a cabeça, se é para isso que vieram, se é esse o desígnio de seu rei. O sereno Phocas cava sua própria cova diante dos soldados, que o matam e enterram ali mesmo, em retribuição pelo pouso.

As páginas do livro cheiravam a suor de rufiões, ranço cetônico do cristão fracassado que se apega a certas hospitalidades. Não muito diferente da prostituição assistida,
verdadeira misericórdia!
Pelo cliente disforme — que não sou puta que sente prazer; disso nada sei —, dou o que tenho na esperança de lucrar e na moeda do gozo supremo. Entrego tudo.

Não há lucro. O amante ingrato do olhar dilapidado, o corpo ainda se estatela na cama.
Nem fumou. Sai, triunfante, limpa o fulcro, fecha a braguilha. Está convencido de ter ganhado.

Sem coração
 de ovos podres
eclodem recordações.
 Enterrei tudo.
 Se bem que, a esta altura,
 fetos decerto
deformam-se em vultos,
 esqueletinhos desgostosos,
trapos de desafetos;
 sem clareza
suportam timidez,
 bibelôs e bobos
do palhacinho em biscoito.

Na estante de aflições, um sol opaco me cega, pelos olhos fechados cheios de cores atravessam máculas de um sangue pisado
 tão pisoteado
 que aquele que tentasse apagá-las com
cândida
 só esfolaria as mãos,
 sem sucesso.

A cândida que cheira a porra nada tem de cândida.

Como puros, lembro os olhos de meus algozes. Com sua crueldade em berço de ouro, cusparadas ferem mais que as mãos pregadas, segurando o corpo; espalmadas, pedem pare!

(Vaga lembrança de *Frederico Paciência*, de Mário de Andrade, "aquela solidariedade escandalosa".)

A opressão me nina
> me entrega à irmã do sono, traficante das gentes, que — esqueceram de dizer — é também genitora da verdade.

Na correspondência de um homem para outro — se eu me lembrasse, juro que diria quem —, um deles aconselha, lembrando Poe: "Não confundir a expressão da obscuridade
com a obscuridade da expressão".

O que sonho delimita
aquele sentimento acordado
diante de mim se perfaz a intriga:

Deus criando o mundo
> possível por um instante,
> história de um universo siderado,
> estrelas já morridas lá de muitos anos-lustres.

Arcaicas também ouvi memórias,
> aquele mortal
> vê a luz
> ser.

Somente figurações de geometrias operam com tanta precisão rastreada doutro mundo. Sinto-as táteis, e o compasso a roçar, e os espetos do Triângulo...
                        até que fecho os olhos,
                        volto a minha célula —
                        acordado —
as alaranjadas e pretas cortinas contra a luz do claustro
                                      novamente abro,
                                        ainda olhos em fogo,
       enterrado em vida desprendo
          leite do soro
              dor da carne
          e vias lácteas derramadas
              colostro gordo
          nervos à fibra
              reflexo branco de proteína
          e com que brio
              la rosa enflorece
          num bolo de carne
              lasciva prece
          incolor e brilhosa.

"Rosebud": cada um com suas referências — e reticências.

Em algum lugar onde o nervo óptico se estica
      perpetra âmago
      adstringente
      e amarrando o cérebro
      com veneno diluído,
      deus
      igual Mercúrio
      pelos afluentes,
      nas linfas e no espaço,
      dissolveu em rios
      que não desembocam
      onde erram ninfas
      — moscas, não fadas —,
      lá galopa o sangue.

Narcisos, infinitamente.

Conquistam de um universo seus impérios,
    espelho do corpo,
    afogados,
    a cara quebrada no fundo do mar.

A hidrografia cartografa bacias de mágoa, a vazante sem trégua. Vácua.

[Entra a BELEZA, criada que emerge do nada no quiproquó, pronta para acudir. Chega vestida de falbalás, frufrus e decotes, oferecendo um copo d'água com açúcar. Ninguém a entende.]

Aqueles olhares estupefatos, mais fixos que os de ódio: "Oh, meus sais",
>> a engolida esperança
>> escalpela
>> a *kapala*.

A sinceridade de seu ridículo
se toca
por isso ofende tanto
quanto ofende Jesus.

Por que o simplório é feio
e o simples belo?

Só sei que vira pena
> e tormento,
> por que, meu Deus, ninguém arca com a responsabilidade do deformoso?

[O DEFORMOSO responde à BELEZA:]
— Acato, tolinha, o copo d'água com açúcar, sabendo que não serve para nada.

Quando bebo, descubro o fármaco. Tem o esplendor descarnado de um esqueleto humano, só ossos por debaixo dos trajes.

O coração posto a nu, pele marroquim, músculos expostos se agarram ao sacro de retorno à terra ou ao fogo; entre bichos de corte, ainda anjos, abutres e carniceiros de toda sorte, a pele curtida, empoleirada na ponta do cóccix.

[E, pelada, penetra a BELEZA, tão verdadeira como a evidência esfregada no aspecto de Jesus. O GUARDA no Gólgota estende a esponja embebida de vinagre,
   espetada na ponta da lança.]

O gesto mata ou salva?
   Na dúvida,
      um gosto de palavras contadas.
Quis que o crucificado se inspirasse ou expirasse de vez, ó romano sem alma?
   O outro Phocas, o fleumático Senhor Phocas, ainda o vejo de páginas esgarçadas sobre o colchão. Lembra um patrono da indiferença, se aborrece daquele mal que parecia só seu e
      com o egoísmo de quem busca frutos nos rituais,
         clama pela patrulha estética, lá vêm eles, os bravos eunucos.
   Este Phocas compõe rimas imperfeitas, ricas de pobreza, que se evaporavam como o éter do nariz,
   borrando a tinta dos olhos quando se lembra da guerra e, já sem escusas, percebe um vazio sem fundo; o sol extinto não é só seu, se apagou mesmo para sempre
      e nauseabundo vai descalço à Aparecida
      penitente.

   Tateando no escuro, procura por Deus;
      no caminho acha para depois, errando,
      saber curto o destino.

   Fecham-se as cortinas laranja e pretas. Se misturar, dá cor de sangue nos olhos.

Sinos irrompem a tarde, que, se não fosse anunciada, não seria percebida.
                    A desolação se alardeia
nas naus do templo,
            e sozinhos os monges
            ladainham arranjos gregorianos
            para dois ou três fiéis.

Enquanto isso, em mim, acredito ter entrevisto a simplicidade.

Rebanhinho quando escuta o cantochão
de melancolia escancarada dá a impressão
e o ateu envergonha a comunhão.

Pensei que no céu uma efusão
                  entoasse cantochão
              com o irmão
           no canto-plano
              sereno seu cantar
           ebulindo, sereno —
              agora fora do claustro
           cantilena do canto
              — pleno.

Perdeu-se para sempre, flechas cúpidas,
        camisinhas,
          intoxicação pelo mel de *murari*
          (imagino um fermentado que amarra a língua),
          cada etapa da paixão inebria.

Restou o amor divino,
                que procuro entre os cristãos —
                não me disseram se o encontraria além.

O que há de sublime na busca da BELEZA é a hiperdosagem de ridículo.

Dessa exposição todos comungam, bem sei, e já não me apieda mais. Só me assusta o pesar que vem junto e esmaga com vagar.

Certa vez estive satisfeito com o amor simplório, como gosto de conceber. Enfastiado, fui condenado a vagabundar em castigo; quem mandou ignorar o sublime?

O sol atravessa a janela e me enfio nas cobertas amarelentas para me proteger de seus dedos raiando.

A grama cortada pinica os pés, a decisão de caminhar descalço não ocorreu aos outros. Viandante por um instante,
                a terra seca,
              de Assis a Crato,
              abre sendas para
as formigas debaixo da árvore devorarem a carne.

Lembrança de Santa Liduína e sua incrível existência,
acometida por todas as doenças
imagináveis, exceto a lepra:
    sublime corpo qualquer,
       esfrangalhado
    na tarimba forrada de palha,
       ora as mais perfumadas flores
    de abominação,
       ora o icor ascende —
    tem pus no sangue de Deus;
       dos amores
         o melhor
       sua ferida
         a carícia.

Não é um corpo de resistência, o da santa,
                que se liberta ao palavrão que ela é em vida.
A liberdade,
    deliberada entrega às torturas de um Deus que
    — *patior* — assim manifesta seu amor.

Um diácono rabugento cuida do empréstimo de livros da biblioteca. Quando solicitei volumes das estantes, perguntei sobre as *Vitae* de Liduína. Vendo-se a si mesmo, de fora, como homem de sábios provérbios, ele me advertiu sobre os perigos daquelas parlendas de horror, tão fantasiosas nas vidas de santos. "Menos é mais; certos hagiógrafos pecam pelo exagero."

Continuo bisbilhotando a gruta, onde, entre rochas, cá e lá, estão dispostos alguns textos que não me falam. Tampouco me tentam as horas livres, a meditação ou a prece.

Fora da biblioteca, o calor da tarde esturrica as plantas e enclausura todo o povoado. Fecho os olhos e convido o mar; desta vez o céu se imprime na córnea. Não dista de milhares de quilômetros —
    a alguns centímetros daquilo que talvez seja a alma,
    ondas de nervos sussurram
    a vegetação dos gigantes, depois da estiada, além dos pedregulhos que dão para o sal infinito,
    longe do mar
    onde o Batista será decapitado.

Idumeia, desgraçada e santa, Terra vermelha,
    que espera ser fecundada, não pelo esperma viril —
Deuses não regozijam como humanos,
    fecundam galáxias.

Nas pálpebras, as labaredas encobrem os nimbos. Uma procela de veias no azul leitado, rastros de espuma.
A lapada na pedra,
    o amor fazendo guerra com o amor,
    a guerra fazendo amor com a guerra.

Notei, devagar como uma percepção certeira, a chegada de um hóspede: Tal.

Puxa conversa, estuda os conceitos de Hegel; nem imagino quantos sejam. Israelense-americano, em suas próprias palavras "judeu em teoria", confessa que sua família não é lá muito religiosa. E não é que ele deve ter o coração mais poroso ao Espírito Santo que os carolas transitando pelo claustro?

Quer saber o que leva alguém a ser monge, talvez a falta de recursos... ou a frustração no amor, sem dúvida... talvez perdição extrema?

Uma planta carnívora boceja, depois se fecha:

— O que *não* levaria alguém a ser monge?

Sentados debaixo da árvore no jardim, vemos, pintalgada de bolinhas, a santimônia. A terrível devota abre a janela de sua cela, ocupando seu espaço como se estivesse num quarto de hotel para, em seguida, se encerrar de novo.

Fulgente aparição de um monge, a Tal e a mim.
Não lembro seu nome — de nascença ou de fé, religioso ou de guerra —; aqui o chamam "irmão Luís".
Tudo ou nada revela o nome, só a lenda importa. Durante a missa, entoou coros, depois nos convidou para visitar a oficina de esmaltaria.

Desvelando cada capa sobre a mesa,
Luís não parece "artista", é mero artesão de Deus.
Cada véu esfolado expõe a cola de peixe para grudar as cusparadas grossas de tinta sobre a madeira de oliveira, que ele beija em nome do sofrimento do Cristo.

Vitrais em miniaturas, reproduções feitas com precisão; paciência de quem ama
    o vagar do tempo,
    esmaltes secam mais rápido do que as lesões do crucificado de quando ainda se acreditava em salvação.

Hoje, nem milagres salvam. Irmão Luís, que arqui-crê, intransitivamente, mostrou seus dotes.

Põe a nu, por último, e não sem pudor, sua imagem preferida: "Pentecostes".

O esmalte golpeado executa a água-ruça, o breuzinho sobre a sangria que o dourado rasga, brutal, em polpas de tinta, um Evangelho sobre o mineral.

Irmão Luís nos deixa para cuidar do curral.

As nesgas de carne entre arrombamentos na tela; mãos magras conseguem pinceladas tortuosas,
    queloides,
    ondulações que só os crentes
    — os que acreditam, e não os que pagam o crédito-dízimo —
    conseguem cantar.

Acompanho Tal à biblioteca. Volto a encontrar aquele monge bibliotecário, espécie de Diógenes, o cínico, que nos conduz até a saída. A mesma porta de entrada desse estômago de conhecimento,
>do começo direto,
>e ao fim,
>o reto.

Atrás de sua escrivaninha, entre fichários e escaninhos, observo um quadro. Tem as mesmas pinceladas que acabamos de ver, traços pingues de vermelho, cicatrizes de preto, e até de amarelo; não há tons, só cores como tripas,

                    noite e a lembrança do sol
                    não param de surpreender.

— Pentecostes — ele diz, ao que eu pergunto, sem refletir:
— É uma variação das pinturas de irmão Luís?
Numa risada sarcástica, pois cometi uma heresia a seu ver:
— Ah, não, isto não é um irmão Luís. É um Rouault.
(Ele certamente queria dizer o valor do quadro.)
Fico um pouco envergonhado de minha ingenuidade, ignorante: para aquele bibliotecário certo cretinismo é apreciado?
Ele nos despacha ofertando uma publicação em brochura que contém artigos científicos sobre Teologia.

Definição de harpa:
anjo que toca —
e todos riram.

No corpo macilento arde a vontade de encontrar o Senhor.
Tenho a impressão de que os monges, salvo o bibliotecário, não se aventuram na busca lógica de Deus, nem debatem coisas como "o-tudo-que-é-o-nada" ou "o-nada-que-é-o-tudo". Sua fé se desdobra no "isto-ou-aquilo".
Não me deparei nem com a fé feita ciência, nem com a ciência feita fé, exercício de estilo.

Ideias sobre a crença, construídas com a mesma rapidez dos pedreiros, franco-mações ou reformadores — a cantilena:
    antes da Verdade
    antes de conhecer Jesus
    como um fariseu atropele-o
    esquecer Jesus
    como um sofista
    atamancar Jesus
    vá direto a Deus
    como os profetas do Novo Antigo Testamento
    que os gênios
    nem desconfiam que o Filho é amado porque dá pena.

Evangelhos são *Aventuras do Fidalgo de la Mancha* para quem acredita em notícias celulares,
só um tantinho mais profundamente elaboradas que um conto.

Na missa, o canto de irmão Luís subtrai a matéria.
Ele se nutre das fantasias de Cristo; vai morrer de cantar cantando;
                densa é a matéria
                suave, o grosso do mel na voz,
                esgotado ao reto,
                passando pela fauce.

Só chega ao Paraíso quem passa por um longo corredor de trevas,
                espiralada nau.

A voz entrecorta a nave em ventania, chagas em raiozinhos
divinos, salta o pomo desde Adão
   aos olhos
      aos ossos
   dedões
      jangada de madeira
resiste
      a unha côncava do pé
   o couro da sandália
      farelos
aguenta sol
      água salgada
até o sal no deserto branco
   os prantos franciscanos
e a areia das lágrimas
   é própria dos santos.

(Poema dedicado a um amado irmão de cela e de profissão.)

   Irmão Luís cria por obrigação. Fala sem acanhamento sobre fé, que para ter fé é preciso estar vivo — assim ele conclui, como uma prostituta explica que precisa se vender para sobreviver. Os pródigos, os magníficos que conhecem seu talento técnico fazem encomendas todas as semanas com ele. Mandam fotos das matérias e das posses, e das terras, e dos tanques possessos de guerra. Anseiam vê-las reproduzidas. A máquina deles já não é uma eterna reprodução?

   Aquele animismo de quem vê alma em troços é algo tão espiritualmente profundo quanto o leitor que dá vida aos personagens. O artesanato de irmão Luís evoca o espírito de geringonças, todos os tipos de parafernália, o fetiche como fosse da mesma ordem do amor divino.

Sem poder vislumbrar esse amor, acreditam que irmão Luís fará da coisa Verbo. Basta emprestar seu talento em esmaltaria para produzir, com o realismo exigido pelos clientes, a maquinada punheta.
Curiosa reviravolta da Providência.
Nesses quadros de tecnologias baixas em relevo feitos pelo artesão dos irmãos, está o esmoler, garantia de algum dinheiro que cairá no seio dos pobres.
Não sei se irmão Luís sabe criar demônios. Talvez não ouse.
(Alienado em seu fazer?)
E quem desejaria ver o coisa-ruim de verdade?
Não pinta o mal, mas isso não significa que não o enxergue.

Os milenaristas entenderam que o pai do mal não é o monstrengo de pinturas góticas, que costumam ser um bocado *trash*.

Persiste a ideia de que o diabo, humaníssimo a ponto de decepcionar, é apanágio dos artistas; aqueles como irmão Luís ficam com Deus. O Mal é contraponto,
         vago e claro.
Delegue a Deus e aos audazes emuladores o gesto de criar.

Foi quando, sussurrando à minha orelha, entendi que ele se recusa a tentar fazer arte,
               assim como piranhas cheias de dentes
não beijam na boca.

Terminado o passeio, irmão Luís nos levou à câmara de leitura.

Alheio aos livros,
desde a ogiva —
as ninfeias pousadas sobre a lagoazinha no pequeno jardim —
da janela via os pensamentos adubarem:
uma ovelha des-
garrada da fé, cabisbaixa. Sentada, espremida entre anjos de sua imaginação que dividem o banco, espera Jesus, ausente. Miro à mulher e a mim, criança, num recôndito de um espaço passado.

Um jardinzinho se adensa em floresta, e o pequeno enxerga parte de Deus na mãe de leite, uma flor de copo branco, envolta de luz,
        eis que perco o medo do ridículo, começo a vislumbrar o amor do Paraíso,
    lembrança ascendente, efígie maternal.

Volto-me para a parte de dentro da cela.
Sob o sol de Satã, o único livro que trouxe. Com gosto, cabulei uns ofícios — causa melhor impossível,
    afinal
    entender o Mal antes de meditar ou — verbo perigoso — orar,
        é da boca pra fora.

O emparedamento de uma solidão tende a se revelar verdadeiro.

Murado,
contemplo
menos cruel do que poderia imaginar
a escuridão.

Os olhos nunca mais se acostumariam à lucidez;
eu terminaria cego, e o lume de nada serviria.

Concebo o embrião de um herói que vi nas ruelas de um delírio, mendicante furioso de coração mole. Nos becos, seu amor maltrapilho espera o próximo cliente sair saciado para queimar a pedrinha. É a pessoa que mais amou.
Deus só pode despertar nas casas de luz vermelha ao fim de uma via desalegre.

O silêncio da caneta derrama água que escorre pelo encanamento, passa por dentro da parede atrás de uma estátua em minha célula: uma reprodução representa a Virgem com o Menino Jesus. O novo artesanato de sempre, velho e monótono estilo. Só pode ser por isso que choram estátuas da Virgem — para quebrar o tédio, para serem notadas.

Viver engessada no clássico estilo carola:
                isso a mata,
                aspergindo água da pia pela testa.
                À boca verto o gosto
                película de musgo
                boia na água benta.

Revoltada é a alma, os músculos às avessas,
                à leitura debaixo do Sol do Cão.

Desde então, voltei a frequentar os ofícios religiosamente, sem saber por quê. Um esforço descomunal, uma exaustão das telas em um mundo sem pintura,
    nada que ver.
    Tento me concentrar com o coração, e não com a cabeça.

Uma baratinha de igreja rasteja todos os dias
dos restolhos do fogão até a primeira fila. Comunga no sabá
com as rãs de batistério. Tarefa impossível,
a de distinguir cada batráquio que fofoca no pântano,
o medo de virar comida
da teofagia,
orar em uníssono para despistar os predadores
com a antifonia.

Papa-hóstias metem mais medo que papa-figos. Uma outra, de boca fechada, também
engole moscas; lembra a mãe da estranha Carrie, ao morrer gozada, em crucifixão por facas.

A hóstia bateu.

Sinto na beata a crosta de mentira que a protege do mundo.
Um carpete verde
de tangerina apodrecida,
frágil fungo,
tão superficial!
                       Quando é rompido pelo fura-bolo, a
beata se lança ao inferno de si mesma.

Fim das matinas, tenebrosas matinas. A santimônia se senta à mesa do café da manhã. Transpira peganhenta, um véu de náilon em tons pastelados represa o rosto preso num turbante de bolinhas, que abafa seus vinte fios de cabelo-cascão, encharcados de suor. Se eu me aproximasse para sentir o cheiro, a fedentina de ovos podres nunca mais sairia de minhas narinas.

O ódio tem parte com uma fé complexa dos diabos.

A beata começa a ralhar comigo, quase quebrando os dentes de raiva quando achou, ou quis achar, que me servi da manteiga com uma faca usada. Na véspera, eu a tinha surpreendido em fervor, pasmada de ódio
— palavra!
por trás de sua janela a entrevi esputar na cruz. Em seguida amoleceu os olhos, envesgando de soslaio para o crucifixo escarrado.
Abre um bocado, cena de bruxaria pintada por Bramantino, exânimes   — lado a lado —   ela, Jesus e um sapo.
Assombrada pelo tétano do prego à parede, fixa o olhar onde estava pendurada a cruz.

Renegada pelo sol, a beata invadiu o ofício à noite, atamancando as laudes antes da hora, benzeu-se e sentou-se logo atrás de mim. A igreja, vazia. Não demorou para que um cheiro vindo dos perdigotos da soror pagã empesteasse o ar, um fedor de espirro doente. Volto-me para trás, num gesto de risco, e a carta XV me dá a língua comprida, pontiaguda; ela inspeciona as vísceras dos fiéis, pinça fígado por fígado em imolação. Enfim, sai com o mesmo passo das estacadas no coração do brucólaco, esquivando-se pelas sombras da nave da igreja, fechadas às portas do céu.

De volta à minha célula, retomo *Sob o sol de Satã* para, só então, ler o prefácio. Ignoro prefácios; se os percorro, é porque me dá na telha. Reconheço: melhor teria sido saltar aquele espicilégio. Ocorre que, antes dos textos reunidos no volume, há uma espécie de introdução datilografada por aquela professora emérita.

Eis que em tons de merda e vômito,
a fé se faça ciência, com rigor cartuxo mas brando,
e a ciência se refaça em puro amor cartesiano

— em latim universitário, não eclesiástico, o encômio;
— Muito meridional! — diria ela com desprezo
ao pobre bedel
e com a precisão do diplomata de Deus,
Paul Claudel.

    Carola da cabeça aos pés, a douta de meias três quartos,
    em vestido de veludo molhado e pudor,
    vela o umbigo sem serventia,
    se esforça em transformar Orígenes em Esteta do Temor;
    do Areopagita fez-se panfleto pelos ares:
    de Simeão, o Estilita, decreto da Estética —
    "Sobre o estilo estilita dos santos" —
    oh!, quão espirituoso! o artigo que nos disseca.

Oca de Deus, como o crucifixo pendente
entre dois peitos inexistentes,
do plexo solar galináceo — a Hierofanta —,
papisa das beatas de sebo e das santas,
das freirinhas laicas provincianas,
soca-as com o latim castiço
simplicidade que só sabe palavrear
do amor crístico não demonstrado,
suspenso no ar.

    Ostentar a fé pelos sentidos e sememas,
      esforço cientificamente comprovado, pelo intelectual pontífice beatificado,
        o décimo quarto dos cacógrafos. Se ele, o sebento,
        e o apatetado Arauto com seus turiferários,
        sacrifícios perdidos em dilemas,
        terminarem de vulgarizar, vivissectores da mística.

Como, meu Deus!, o rebanho do intelectual prostituído orientar?
Infiéis maometanos e apóstatas israelitas:
quase tão difíceis como analisar o diálogo islâmico-católico de Massignon,
o pederasta que ela finge amar?

Para isso teve de arranhar um árabe,
pisando sobre ovos, mas sem quebrar as cascas,
faz uma omelete recheada de lugares-comuns, cafetinando teses,
enquanto espera um filho no ventre seco, Milagre de Elisabete.

Sobe um cheiro verde, fresco de estrume e cascas de ovos, até minha cela.

Não importa quem crucificou Jesus ou seus mártires. Importa o que se fez para ser crucificado. Ainda vejo uma triste figura apanhando enquanto os enforcados ao vento balançam pendidos,
e o moinho de pedra
girando.

Santo Judas, o que seria de nós, credores, se não fosse você?

No jardim, um monge carpe. As mós guincham ao som da ferrugem à brisa.

A roupa de cama umedecida, lembrança do tato do mofo, um pêssego.
Pela economia do sabão, transparecem relâmpagos sobre os lençóis usados por outros internos, também suados pelo desejo de fé.
Os tecidos têm motivos estampados sem razão.
O amor da beata pelas flores e bolinhas me intriga. Nelas, só vejo a mimetização de doenças venéreas.
A céu aberto a entoucada, tão excluída como eu,
costura uma tarde derrotada.

Hoje, em *Sob o sol de Satã*, li a história de Mouchette, que foi suicidada pelos carolas da literatura. São perfeitamente capazes de explicar a intriga e a forma. Mas teriam levado a pobre moça grávida ao suicídio.

Laudes do dia seguinte. Sete da manhã. Minha cabeça decapitada pelo sono, culpa de não ter café o dia todo. Arredio à companhia, saio logo do refeitório comum. Além disso, não me agrada o hábito beneditino de ler em voz alta as vidas dos santos enquanto estou mastigando. Não é lá uma hora muito apropriada a ouvir torturas.

De estômago vazio, tomo uma aspirina e volto a dormir. Diógenes, o cínico, só quer que saiam da frente do seu sol, assim como o bibliotecário quer ficar em paz na biblioteca.

Sonho um fenômeno de aberração circense, a arena destinada a agradar a plebe de Roma. Seu próprio amargor como martírio — estaria ostentando, orgulhosa, suas carnes de ressentimento? Era uma mártir da própria fé, e sua única crença, o enfado de se empanturrar.
Não inventaram os cristãos mil subterfúgios para evitar o jejum? Mirabolam mil maneiras de trocar a carne por peixe, o vitelo por bacalhau, transformam o particípio sempre presente de seus próprios Verbos. Pergunto em voz alta se os supliciados de pão e circo clamam à plebe na esperança de que as torturas sejam mais deliciosas.

Acordo para o ofício. Um homem chega à mesa da merenda, que tem, aliás, ares de escola, e se senta. Cumprimenta a todos com cortesia, logo baixa o olhar. Irradiou uma luzinha de néon em forma de coração nos olhos da beata quando ele se pôs ao seu lado.

O recém-chegado puxa papo comigo, ao que percebo que ele não tinha relação alguma com a catapora humana. Era o pai de um noviço prestes a proferir seus votos no dia seguinte. Sua esposa, muito amável, chegou logo depois. O casal louvava o filho mal conseguindo disfarçar seu entusiasmo. Não demoro a identificar o rapaz. Lembro-me dele entre os monges, um moço que tem uma cicatriz na coroa da cabeça, profunda a ponto de desviar a cepa dos cabelos que crescem com fartura nas laterais.

No mesmo dia, a festa da Transfiguração e a profissão de votos do noviço.

Os monges transitam cá e lá, cautelosos ao sair do mundo interior. Para se aproximarem de Deus, precisaram se afastar dos foliões da fé, como um outro homenzinho rabugento que tudo observa, escrutinando através de olhos sem vida.
Minha cela não me mete mais medo. Ainda tenho paúra das rãs de batistério, sentadas logo atrás, sobretudo daquela.

De ignorar o amor, o fim de alguns será feio e purulento,
>treponema de terceiro grau, contrai matrimônio
>na cegueira e na loucura
>de piratas e seus amores portuários.

Os monges querem saber se pretendo me confessar. Têm boa vontade, ignoram que nem sequer fui crismado. Não saberia o que contar; minhas culpas são tudo ou nada, de todos ou de ninguém.
Uma altercação quanto às noções de pecado — minha e do padre confessor — me apetece. Desconhecidos, a morte e o nascimento; os dois em um se afiguram num claro delírio, uma visão:
A deusa do maiúsculo amor perde as estribeiras,
>assiste à causa das Vias de Cristo e à Paixão,
>derribada sobre a terra,
>o tal cavalo nasce do gozo
>no húmus das lanças.
>Quando Saulo,
>ginete na mão,
>cai em sacrifício a Deus
>e o capitão pagão
>vira Paulo.

Para encontrar o pecado original, deveria saber o que precede o Big Bang, antes mesmo de o deus da destruição jogar a cabeleira para canalizar a enxurrada que Brahma derrama sobre o mundo, evitando que a potência hidrelétrica do Criador matasse todas as criaturas:
    a causa do Universo
    causa a própria culpa.

O ribombo de décadas ateias cessaria a pena por existir? Meu coração já não está eriçado a este ponto?

Lembrança reincidente do Velho da Montanha. Meus batimentos se aceleram a cada palavra sorvida, acordam os compassos com os espaços que ele não deixa nas frases. Não parece existir na língua do mendigo ingrato aquele "vazio de leitura" que se costuma deixar aos leitores como o dono que deixa uma boa parte do filé ao cão. Bondosos que são, concedem o gosto por aquele gozinho de adivinhar, dando a quem lê a impressão de criar junto. Mas que espaço vazio se Deus ocupa cada vírgula? Sem poder explicá-lo, sinto quão pura é sua violência,
bomba-metralha pronta para ser jogada na barriga de quem bloqueie o amor,
e por dentro
explodir as tripas com mil balas.

Deus habita essa adorável violência e
sinceramente
o nada é o tudo sob o controle do caos.

Os anos me congelaram o coração. Não poderia olhar para a aorta de Jesus como um cirurgião pronto para seccionar o problema, pois na verdade não havia problema algum.

Rude em minha ingenuidade
ainda que sujo de espírito
condição para ser limpo
— o arrependimento —
forma-se a imagem clara do Filho: Sua história não se ligava ao Pai. Talvez Deus Filicida seja Evangelho demasiado humano, Novo Testamento segundo Dostoiévski.

Imaginava encontrar na abadia crentes fervorosos em níveis dantescos; vi ostensórios de fé, a Idade Média em seus estratos de elucubrações teológicas, mais ou menos repaginadas, nimbos de espiritualidade. Tolos conselhos de uma Europa orgulhosa em se expandir e gangrenar os outros em nome de Deus.

Por que o pouso na estranha quietude da noite?
Se dormi ou não, sei lá. A regulagem do tempo monástico altera o mecanismo dos pensamentos. Nada distinguia o sono do vapor de canícula que vem da virilha. Devo ter dormido como sonha um cão de rua, acordei num pesadelo.

Madrugada. Não haverá a famosa missa às quatro da manhã, de que tanto falam aqui. O sol nem despertou, e os que sofrem ainda aproveitam os últimos minutos de torpor do sono.

O vazio do dia se refletirá em noite sem estrelas. Não ligo
              se perder de vista
              astros que mal enxergo.
              Penso nestes aqui, invisíveis a
olho nu: os ácaros encobertos pela abóbada celeste do travesseiro.

Quem passeia preso na contagem de carneirinhos,
ó lobo com fome?
Vagabundo sobre a terra?
Ouça a sua respiração, diz uma gravação ecumênica da nova era
— eu sinto a morte do mar dentro de cá.

Não se pode reviver completamente o que é sentido;
— o que sentimos, presente e passado —
pra que tanto plural?
se certas divindades se esquecem, distraídas,
que somos um só,
pra que *pluralia tantum* de um Eu
que não tem o que dizer —
porque a lembrança cicatriza
e quando muito
deixa casquinha.

Somente permanece o instante físico quando a morte é sentida; seja essa lembrança rememorada ou não, o passado da morte é caducado, e o gosto, perecível.

Já o queloide nunca mais doerá. Cada lembrança não deixa de ser muito mais que um luto, principalmente quando se lê a vergonha por escrito.

A espiral volve e revolve, se encaracola, não chega a relar naquele eixo por onde passou segundos, ou milênios, atrás; e viverá a disparar, volve e revolve tentando encostar linhas paralelas eternidade afora.

O que se sente é natural. A morte também não é o fim da natureza, e sim sua confirmação. Algumas religiões quiseram que o destino fosse aquele para onde vai a mente ao expirar,
    mente
    mesmo
    espírito
    talvez dê igual
    ambos
    vento frio
    sopro d'aura.

Mete terror não poder viver a morte apartado da confirmação da natureza, bem quando ela se revela no avatar pavoroso.

    Só lembra
    narrar versos
    milhares
    de épica jamais passada a limpo.

Não se morre de acreditar na história; morre-se acreditando nela.

O sol queria rebentar, coronhadas à porta. Eu me levantaria, se um velho pároco de passagem não me abordasse:

— Então, nem uma hora pudeste vigiar comigo?

Não me lembro dele por ali nem de como chegou até minha cela. Mal passa um instante de mutismo, explana o convite da tal missa mariana às quatro da manhã.

— Já vou — digo sem ver mais estrelas além das manchas na janela; deitado na cama, parecem ainda mais ariscas com os coruscos do sol. Apesar de imóveis, como de um autômato, os olhos se fundem e se perdem no meio da testa do homem.

A aparição se esvai.

Certa vez, durante uma exposição, tive a impressão de que não se pode admirar muito um objeto daqueles; me lembro de algo como um frasco, um bocal e duas alças pernaltas. Não miro muito o todo parnasiano cântaro, porque tive a impressão de que, só de ver, ele se quebraria. Evitei aquilo; preferi os olhos birutas dos visitantes, frementes e mortiços — um salve-se quem puder por aquele objeto maldito,
> tantas filigranas o encanto dissolve,
> uma pincelada n'água que esfume,
> liquefata,
> que sublime
> o necrochorume.

Mesmo quem não enxerga pode ver filigranas nas vistas embaçadas; não é só na aluvião que o tubarão míope aguça o olfato.

A ourivesaria opera em doses radiativas. Exposto um filamento enodado, arrisca cristalizar a córnea.
Da íris petrificada lacrimejam joias
    tão ou mais esplendorosas
    que o objeto criado...

Assim dissera o sacerdote sobre a missa mariana da madrugada:

— Se o próprio olho fosse capaz de admirar tanto fulgor da Virgem, duraria alguns segundos até cegar definitivamente — e por ser tão convidativo de se mirar
    grava as imagens na retina,
    segundos esvaídos despencam a alma na lucidez,
    água-forte derramada
    encarcera imagens nas masmorras,
    última visão de um condenado em vida.

Ainda se chora do olho glauco
    de Medusa ao contrário?
Ainda se petrifica
    mesmo
        a si?

Já não me comove mais tanto, um objeto desses. Assusta, só de pensar.

Comove, sim, uma vida como a de certo escritor que de cabeça recitava as histórias que criava à irmã. Cego — de sífilis terciária não curada? — ouviu a guerra sem enxergá-la, encerrado num apartamento. Arame farpado e granadas, preso nas trincheiras das memórias inventadas à beira de um mar; trincheiras geladas que nem consigo imaginar. A salvo, cada visão entalhada no cinzel reflete um brilho, dos mais simples, aos que não enxergam escombros.

Desviar-se de Deus derrotou a própria Palavra. Uma fantasia de retalhos parece um capacho. Cíclico Nada.

Lá fora a lua brilha sobre um campo sertanejo sem encanto algum, pois uma luz branca de uma vendinha fica acesa a noite toda.

Dia da profissão dos votos do jovem monge.

Eu o vi numa véspera, imemorial. Era ateu e se vestia como mundano. Veio até a abadia para a primeira comunhão de algum rapaz cristão de boa família, que nunca conhecerá o ázimo da conversão: quem já nasce respirando nos balões do catolicismo jamais gozará a plenos pulmões.
"Fora daqui, tu, que em júbilo nunca foste sufocado!"
Prestes a ser monge, jogado contra a parede, bêbado de desprezo: Carlos, de terno desleixado, esnobe e avoado.

Reproches vindos de quem não sabe dar nó na gravata;
você é mesmo um espertalhão,
enfatuado de dúvidas, luxo e mamata —
vinde a nós o desrespeito ao vendilhão.

Enquanto competem entre si as pobrezas de suas riquezas, Carlos sente um estrondo ao longe, em meio ao entra e sai dos toaletes, acompanhado por uma, duas, três moças; leva todas elas para passear em seus carros. Soa a canção de escárnio — a mudez, entre afagos, roufenho arfado; e ele perde os sentidos.
Um ano depois do estrondo, o raio transfigurará São Carlos de Foucauld
    bem-aventurado quebranto,
        arrancado do mundano para o mundo
   já não é mais espião, ainda não santo.

Meio-dia a pino, angelofania do futuro noviço. Da hora sem sombras, um presbítero o conduz de barco até uma ilha
corcunda de rochedos,
um sacerdote sem vulto os aguarda
nu sob uma túnica
púrpura clamídia.

Quando eu li a história da noviça Lysiane d'Aubelleyne, antes de seu encerro, mal vi o rosto por detrás do véu. Tanta pureza, porque verdadeira, a da vestal do Carmel. Seu único detalhe, o único em que o diabo não quer morar: uma cruzinha pendurada a uma correntinha de ouro.

Quiçá quantos adornos mais usará — delícias de ferro e espetos no couro.

No café com biscoitos da manhã seguinte, um senhor vem se sentar ao meu lado. Dizem que é cânone de São João de Latrão. Honestamente, ignoro quem foi Latrão, de que Concílio participou e com que Papa se aliou, com quem disputou cruzadas, se eram pontífices e éditos afora.

A indiferença emanada por aquele homem, quase petulante em sua pacatez, me fez meditar, em culpa, sobre vãs ocupações, quando alguém sussurra:

— Ele é de uma humildade! Porque, você sabe, não são todos os padres que são humildes.

A mansidão de muitos padres não difere de certa calma — ou até frieza — que só os homens de negócios têm. Pudera, a religião já não é mais negócio.

Quem profere religião só pode cultivar uma fé desatinada. Imagine-se quem não acredita encontrando-se ao lado de quem acredita? Os caminhos errantes pouco importam ao crente, tenha ele consciência ou não de suas escusas, vida de mão dupla.

O importante é encontrar Deus. Alegremo-nos, cristãos! — que esta é a vantagem da religião de Jesus:

>Deus se nos mostra, mesmo aos que fazem burradas
>embora burrinhos;
>como não pensar em Jesus? nos desfiladeiros

penam, andarilhos percorrem veredas, os pés nus.

Sobre um cemitério branco de cal — e não indígena — a religião cristã se fez instituição. Todos os animais — exceto o bicho homem —
>são auxiliares do sagrado

e deixaram de ser
a própria natureza.

Os presentes no refeitório encheram tanto os odres do tal cânone que ele se despediu, abrupto, não tão paciente quanto se esperaria do "santo homem" que fora anunciado. Devem tê-lo enfastiado como indigentes de fora perturbam o chá da tarde. Saiu, pretextando afazeres.

Quem tem cabeça de empreiteira não perde tempo com aqueles que imploram migalhas de fé. Podia bem ser avareza de devoção. Acontece que piedade não se distribui, mas usurá-la, oras, por que não?

— Os verões chegam cada vez mais quentes, por isso o hábito de linho branco — explicou justificando suas vestes; e, sem querer evocar o inferno, nem mesmo Santo Antão suportaria a canícula daquele lugar.

A sotaina esvoaçante contra o sol reluziu o tecido da malha, inflou-se a vela do navio pirata em busca de pilhagens.

Certo Papa usava laçarotes
papatinhos vermelhos nas andanças
iguais aos de Dorothy
para longe do Kansas —
o Papa, uma louca varrida.

Enquanto isso, dois homens arengavam à mesa um cantochão de banalidades, um ao outro. Culpavam as mulheres e a vida. Matracavam a mesma frase três vezes, em interjeições de fúria variegada, tantas quanto os nomes de Satã. Um cavoucava o tablete de manteiga, que esfaqueava num movimento obsessivo; o outro jurava pelo Tinhoso que não tinha sido ele... E mal parando para

respirar, explicava como veio ao retiro, que estudava a Religião dos Patriarcas etc.,
    em noite de Natal presenteou os sogros:
    um jarro cristalino,
    a mesma translucidez dos prismas,
    desses que refletem Deus em três.

Ficaram ali, os sogros
olhando para o jarro,
dois ogros,
um poste...
e eu...
e eu
como se fosse
esse tablete de manteiga.

— A diferença é que a manteiga se derrete no calor!
Um monge de óculos e lábios mal barbeados, estoico remanescente à mesa, permanecia quieto. Tampouco tinha sido convidado para a cerimônia de profissão do noviço. Num rompante, um dos cristãos desembestou a blasfemar. O outro defronte pôs-se a chorar junto, pungido, um amor assim só podia ser obra de Satanás.

No púlpito da dor entre dois desesperados, os rostos melados de lágrimas, o religioso se levantou bruscamente:
— Com licença. Estou em retiro de silêncio — e foi-se embora.

Agora me vejo a sós com os dois feridos. Após o fanico, num interlúdio do meu pavor, o silêncio se impôs, leniente como soluços trazem
              esvaecimento
              ao claustro —

um fremido.

O cara abriu uma cartela de antidepressivos. Lembrou-se de engolir algumas pílulas,
em promessa
perpétua — felicidade.

Passados alguns minutos, pararam de chorar.

Todos no refeitório inspiravam, senão simpatia, um esboço de compaixão. E não é que, por meio da ira, senti amor ao próximo? Desapressado, minha paciência surpreende por seu esmero; diante de mim o portal do desespero, e a água se enturvou, como se aquele monge, no umbiguismo de sua fé, tivesse jogado os corpos na lagoa, sem funerais dignos, e largado os dois descompensados ao deus-dará.
O monge em seu hábito foi embora e, lançando um esgar, travestiu-se de banqueiro.

O vozerio dos sacerdotes alheios aos próximos lembrava os que estavam no refeitório da profissão de votos e que transfigurações decorrem numa dimensão outra.

As gentes desesperadas, seus corações — eu os vi —, chagas abertas, dilaceradas diante do abate por feras.
Fim da palavrada, e o homem se serviu de mais café.

E os dois chorões, Perpétua e Felicidade de Cartago flexionados no masculino, sempre atracados, mas sem se encostar, saíram para tomar sol. Amizade de internato.

A cela foi invadida por aquela água turva,
  marolas estrangeiras,
burburinho de certo mar artificial em Dubai. Diferente daquele vagalhão de palavras, as ondas não se quebravam aos bilhões; se desfaziam antes mesmo de emergir, enquanto o faminto conta em bolões as notas;
            e dos muitos milhões,
          dez são precisos para imaginar isso
              multiplicado a sei lá quantos cem sóis;
          e a divindade, uma só, refulge.
Não concebo contar a luz agora.

  Sinos da matina. No caminho para o ofício, ouço reprimendas a certa pessoa, acusada de "desumildade". Vozes entoam o cantochão. Apesar de nunca ter comungado, sinto o Espírito Santo habitar a música da cacofonia;
          já disse, nunca comunguei
            o fogo
          crepitar que Jesus percute.

  Os fiéis se entreolham, percebem que sou o único a não degustar do corpo de Cristo. Olhar extático
              amofinado —
                quem sabe? —
                de monges.

E se deuses responsáveis por narcisos e ninfas,
              tesos de cheiros
                fora do tempo
              então
                interlúdio da morte
                a juventude encontrada.

Hoje cedo, o frescor da água sabia de enxofre. Acordo em águas de sonho novo, abro a porta, desço as escadas revivendo a lenda japonesa recontada por Leocádio H. —

um ancião lenhador parte à aurora e deixa a esposa, também idosa, para cortar madeira. Vai adensar-se na floresta. Ouve farfalhos de cascata que jamais ouvira e, sorvendo o som, ele encontra uma surgente. Sedento, de joelhos se sacia no frescor translúcido; eis que no olho d'água percebe o reflexo de um jovem. Enxerga-se novamente, assustado, para verificar

a imagem refletida: seu próprio vulto de quando fora rapaz forte e vigoroso. O remoçado corre para casa, e quando a mulher o vê, assustada, toma o marido por um bandido. "Veja bem: — ele exclama — sou eu! Voltei aos meus dias de mocidade!" Depois de ter explicado sobre a fonte da juventude, a mulher corre para se rejuvenescer também. A senhora, com velocidade de quem não toca o chão com os pés, chega à floresta seguindo as instruções do marido.

Passadas algumas horas, o velho jovem percebe que a esposa tarda a voltar. O sol escurece. Nenhum sinal dela. Temendo o pior, retorna ao lugar onde a água encantada brota, e lá nada enxerga a não ser o paraíso ermo iluminado pelo clarão da lua, e o espelho d'água reflete o leite através dos bambuzais. Um tanto inquietante esse quadro que aos poetas inspira amor. Ele invoca várias vezes o nome da mulher. Quando, no silêncio que precede a música de perdidas esperanças, ouve um vagido. Fareja o choro entre a folhagem à beira da fonte, encontra uma criatura: por ter bebido com excessiva avidez daquela água, retrocedeu demais em vida, chegando à idade sem linguagem a esposa. O lenhador a pega nos braços. Bizarro desfecho! Mais preocupado com a vida recém--nascida do que com a morte, reconhece a criatura que, dentro de décadas, será aquela que sua futura nova cônjuge fora. Pela última vez deixa o oásis, retoma o caminho de casa com o travo do pensamento doído de que talvez não viva para revê-la como ela havia sido.

Melhor que desejar ser beleza para sempre, o que provoca risos, são as fracassadas tentativas de criar beleza.

Depois do almoço, ressinto o outro erro de Criação,
            hordas de ratos,
                pequenos demônios,
                    à vanguarda das falanges de Asfódelos —
                no alto, o Traidor.

Na pressa de fazer nada, a acedia
            roída
              mosca-da-carne
                    qual morte sobrevoa a cantárida do tesão?

Foi vetada hoje a recepção de peregrinos e retirantes ao claustro, ouvi Miriam dizer para irmão André. E não vi mais Tal. A praga, paraísos dos outros,
azules suspensos da varejeira
plaina estática
excrementos ou ovos
aqui ou alhures
só a certeza de um asteroidezinho
pelo universo
sonambulam
num antro Universal
nas asas
florestas de âmbar
cumulam fardos
das gemas mais vulgares
a miséria a pregar o peso do Apocalipse.

Os cabelos pesados de goma
procuravam algo,
o vapor quente do gelo seco
entesa o peito.

Da matéria cristalina,
espalhafata de luz
branca acima dos bancos,
farmácia e Templo,
roncam a tempo de acordar,
intermitentes,
e pedir mais.

Salve-se quem enriquecer
cédulas sobre esteiras rolantes,
moedinhas de metal
lavadas
valem menos que vinténs,
louvados sejam
cheques folhados d'ouro,
cartões espaciais
arrastados pelo bip da supernova rolante.

Moscas do varejo
acreditam fiéis
tomando por gotículas,
planando a caca,
ônix dos cus,
rubis e esmeraldas
em plenos estoques
sobrevoando doenças
na pele,
pra que diabos a berne
se só a seu deus conseguem enxergar?

Até que a morte os separe, parcelada em milhões de reais.
Amém.

Sempre as mesmas tardes do demônio. A mosca cheira a almoço dormido, um gás escapa da cozinha.

Para que tentei domar o mal, a preguiça do meio-dia, pelos chifres da vaca braba que martirizou Perpétua e Felicidade? Pobre vaquinha! Os bichos são condenados a não ter religião e sofrem por nós. O olhar do tigre, rei feito eunuco que arrancaram da vida nas selvas para servir, chapado, de bobo da corte?

Que beleza na remissão de males, apenas desespero
              ilusão de ver Deus por trás dos inocentes
                  Deus lhe pague pelos pecados dos outros
          quanto pungem as ideias
              sobre a Comunhão dos Santos
        lindas todas elas.

O Espírito Santo não traz a paz da colomba que ninguém viu
                                à toa,
                          e vindicativa
                        Pomba
                     é rato que voa.

Na espuma da boca possessa, borbulham teologias, tão etéreas como concretas; fervilham amebas
    ambas afins às trevas
        das entranhas.

É preciso atravessá-las, arúspices de Deus!, que temos um longo caminho digestivo a percorrer.
    Se bem que é verdade, Léon: a cada fasto dado por um magnata, a cada pão de figo e nozes compartilhado com seus semelhantes — embora um magnata nunca dê nada, e essa é precisamente

sua miséria —, uma criancinha gela de fome entre as paredes do apartamento úmido, nos braços dos pais impotentes;

        que picadeiro a existência,
        essa vida-tigre.
        Desalento,
        de domadores sem Deus —
        o desterro — acobertados
        na lona do firmamento.

Se bem que há homens com existência de besta selvagem, porque bicho nenhum, a não ser o homem, sobrevive emparedado por tanto tempo.

Os chifres da vaca me arremessam para o alto numa tourada, depois que a vigília cedeu ao sono da bonança. Cruel meditação. Estou certo de que um bom e velho mártir não teria feito escolha melhor. Mas paciência. Uma pena que já não se fabriquem mais mártires nem delinquentes como antes. Talvez Carlo Acutis, santo padroeiro da Internet?

A água do encanamento invade a cela comigo trancado ali dentro.

Minutos até um dilúvio e para Noé preservar sua necessidade de procriar; dentre todos os patriarcas, é o mais chato, com seu zoológico, um cárcere flutuante, e tantos bichos quanto deuses em sonhos. Depois de intempéries, enoja o cheiro do mar e do peixe.

Na água negra, límpida, o jenipapo do pagão batizado, sem corpo abaixo da superfície.

A siesta resseca o sono com calor inquisidor. Nos vidros das janelas trincam gotinhas de suor noturno,
    esgueira o sonho de nariz vermelho
        chamado rubicundo.

      Eu transmigrava na cidade grande,
            desacordei no matagal
          uns sóbrios de Deus em riba
           a boca cheia de formiga
         todos nós bêbedos à terra
           de pinga
          e luz divina.

O céu urdiu sua venda, desfocando a lua. Com isso, perco os ofícios e o jantar. Noto um monge em seu livrinho de horas, na pureza do curral ao lado das habitações. Santo borro das cores solitárias num cubículo estreito tanto quanto não se possa deitar e baixo tanto quanto não se possa ficar em pé.

Pelo enquanto de uma eternidade, só pensar em Deus.

Lembra irmão Luís. Chego a duvidar se não é ele. Um rosto macilento, dos que vi em túneis e escadas-caracol. Cabeças, olhos revirados, buracos abertos do reto ao breu, de onde despontam arcadas a sorrir, na espelunca bem no seio da cidade, um covil de feras.

Iluminado de tinta, a imagem de *Monge lendo* desapareceu na madeira escura da sala de refeições. Pelo transepto vazio, que nem selva desbastada, foi-se o antigo mensageiro da face cava, Espírito Santo ou pombo-correio.

No refeitório, eu o vejo em seu sólito posto, em hábito acorcundado pelos anos, tomando o soro a babadas colheradas, o barulho dos beiços — marulhada no beijo de boca virgem.

Ele tinha um salmo tatuado no ombro.

Reparo, ainda, e peço desculpas por ser mais um monge; é tudo o que vejo por aqui, e visões me açulam
                outro monge,
            mudo de nascença;
                  batizei-o "irmão Simeão".

Por causa de Simeão, que conheci lendo *A caminho*: o abestado fradinho se dedicava à pocilga com todo o seu amor.

Simeão não fala porque é santo; aliás por onde anda? Eu deveria parar de ver santidade em tudo. Lembre-se daquele Simeão, o Estilita ao topo da coluna, entre calcinações e jeremiadas, quando de miragem, da sinistra ladainha, a aporia sem rima:

"Medes teus méritos pela barba sujinha
e dentes lavados com urina da Síria" —
        canção do capiroto tardia
        porco-latina
            assume o aspecto de criança pequenina.

Irmão Simeão dissolve o ódio na água benta que asperge sobre o chiqueiro, harmônica imbecilidade do século dez, maravilha do tempo insciente.

Tarde abafada do fim dos tempos. Revive o entardecer de dias atrás, vésperas de Transfiguração. A profissão de votos adentrava a noite. O futuro noviço,
        coroado pela cicatriz,
    agora por Deus é divino bobo, espera o sacrifício
        a sacra sânie, crime doloso da virgem
vestal sobre o chakra na região do lobo frontal arreganhado coronária do crânio
        machadado.

Fim de tarde, soam as horas de sofrimento, as piores para os tuberculosos dos séculos decorridos. Quanto aos cansados, um convite ao repouso.

Delírio, entre os cabelos do Batista,
       ao saque os grifos, cabeça de águia em corpo de leão — quimera.

Como alguém que pega o dedo de outro para fazê-lo tocar a queloide ou nódulo subcutâneo sente a cisão dos outros
      gastura da dor alheia, em compadecimento.

Enquanto Deus e diabo se conciliam, o corpo inocente expia.

A fé encontrada no retiro se revela; se é autêntica, ignoro. Mas veem-se cristãos amando-se uns aos outros, pelo menos numa encenação de amor; se a adoração deles contempla o Espírito Santo, tampouco sei,
 Pássaro na Trindade, em fúria de quem parece inocente, pronto para dejetar
  fogo sobre a cabeça deles.

O cristianismo prefere enxergar as pessoas como deveriam ser ou, em vez disso, olhar para elas como de fato são? Uma dimensão tão humana quanto celestial se perdeu três dias depois que Jesus-homem voltou dos mortos para se refugiar em sótão celeste, um escape de incêndio para o Paraíso.

Aos olhos do cristão de verdade, o arrependido de coração apresenta a prova de fogo da fé no Evangelho:
 Se pelo perdão ou pela identificação com o facínora, não sei.

Quero, isso sim, enterrar-me aos monges, sentir o cheiro da bata, da inhaca e da sandália surrada, engolir balidos couros, da crosta ao calcanhar, a cada passo os dedos alargados afundando minhoquinhas;
 persigo cada uma,
 dedinhos de pés e fios encaracolados, a terra seca tamisada,
 sálvia murta penugem e caramujos na cóclea
 ouvidos hirsutos,
 o Monte Athos do agreste, acantos e espinhosas
 suculentas,
 a silhueta dissipa míope a muxiba,
 fimose da cobra esturricada.

O Aprendiz de Feiticeiro desejava a picada selvagem e a catinga das virilhas dos anacoretas, a quem décadas de austeridade proibiram abluções de qualquer sorte, por medo do desejo.

E esse deus sujo se revela mais puro que qualquer assepsia pregressa.

Nem mesmo um herói sob o Sol de Satã existe; verdade, já não mais está. Mas creio nele, sim, este é o prodígio,
        um homem de fé que não seja o idiota,
           um pé de cabra não brilhante nem paspalho,
           abobado iluminado,
           com o diabo trava batalha,
           não como aqueles
           das histórias da carochinha,
           fiapos nas tripas de novelos em bofes regadas.

Não existem separadamente: Deus e diabo habitam,
        tentam as mesmas pessoas
        nos mesmos lugares.

Apenas nunca vou conhecê-los, nem a um nem a outro. Cedo fui mutilado do divino, cegado, ensurdecido, emudecido, por Deus intocado,
        exposto aos olfatos mais elaboradamente simples,
        melhor teria sido anosmia da napa morta,
        o cheiro de couro mofado
        dejeta assepsia
        ao corpo inerme proibida qualquer relação *mística*

        — palavra tão puída, e não prostituída —

as putas estão com Deus —

e o gosto de cada som, ínfimo, é verdade,
não deixa de tocar o êxtase, como estelares
veem poeira morta
acho que a eles
amo.

Resta apreciar como categoria, lá do marfim entalhada, uma torre, o javali castrado, sublime onania,
a santa furada no pelo, do monge pelado
o escalpo
ao longe, um navio afunda.

Castigo? O regozijo é gozo lapado na arte.

Só fui entender, com muito retardo, que o pincel — e tão somente o pincel manejado por Deus — é para ser sentido a cada golpe de tinta encharcado; e que da cauda cabeluda o pintor pode esborrar um jumento.

Sem Arte se chega a Deus,
        sem nome nem forma nem ideia,
  Ele é tudo e tudo é Ele,
        e Deus sendo demônio é caminho pedregoso
    a mula empaca
           adiante
      o falo de serpente —
          mais fácil.

Senda a pé, descalço, Deus habita a beleza estéril, mesmo a urucubaca.

Não se avexasse tanto com a Luz, a melatonina teria Sua forma e semelhança. O repouso promissor dos anjos custa caro, liberto do tempo e do vencimento,
                    que nem pacto com o diabo,
                      se um dia é atormentado,
                      o hormônio recompensa —
            espelho *a contrario*
                  e as preocupações se deformam
          de ponta-cabeça.

Acordo, reviro mais defuntos, me reviravolto. Insistir na quietude pra quê? Três passos até a janela, um vulto.

Ninfas e mariposas não atravessam a cabeça,
peixes-vampiro provocando,
sorrateiros e latentes,
em lagos nas veias cavas de grutas.

Lagartas, esqueletos do Aqueronte,
o Terror de ser engasgado por elas.
O jardim ignorado na calada da noite,
aquelas horas secas
ronda de mais um insone.

O hormônio desperta o sono da pálpebra, o corpo retruca. Teima em esperar acordado o descanso que não virá.

Criança, eu arrancava cipós, machucava o tronco com a unha para ver sangue branco esgotar.
"Cuidado, que isso queima!" — me sopravam. Nada aconteceu, mesmo quando tocava, de teimoso, o branco.

Da seringueira se plasmaram silvícolas mutilados, capitães-do-mato cujo nome desonram em homenagem não grata, a borboleta máxima. Sina de nome indigno, um louva-a-deus a devora, tão logo suas asas se desencantam.

Uma borracha entalada na garganta.

Dispensou-se de vislumbrar o tal "Jesus". Nem precisam; não enxergam o mercado, tão vil de onde o Messias veio, como resposta,
o Deus-Natureza-apropriada:
aquele ao contrário da floresta
nada conecta,
só cobra.

Apesar da limpidez nas palavras de Jesus, os sínodos manifestamente não compreenderam que Ele é a própria vida, assim como cada um de nós.
Se a mudinha de Jesus, ainda que eloquente, fosse transplantada aos povos da terra, só entenderiam o que sempre souberam — o que é natural é cruel, e a língua sabe de queimado em terra que nem mel nem leite dá.

A estética brutal do papa Inclemente que abdica, por exemplo, não saberia ser tão crua assim. Em seu refinamento, o luxo de Deus é mais humano, rasamente humano. Assim, fica fácil acreditar em Jesus andando sobre águas,
    tudo não passava de vau plana
    represada sobre seiscentas dunas —
uma fata morgana
    teorias de ser cristão
na era neopagã.

A película transparente do feto precede o ovo e a galinha — teologia do papa avinhado da mística
  do aspecto avinagrado
    ressuscitado em refinadíssimo açúcar cristal
      sua sobremesa favorita —
        mousse de pera,
        calázios do ovo,
        e do olho afinal
        eclode a teologia da chocadeira.

Regula,
    ignorando furiosa Deusa, sobre o tempo medita, a Negra que coleciona cabeças
    decapita e vomita.

E eu, aqui, folheando panfletinhos destinados à liga da juventude católica que encontrei sobre a mesa. Neles, são denunciadas as condições para a cópula pré-nupcial e as profundezas do condenado preservativo. Quem se importa com bagatelas de pobres diante das fórmulas cristológicas, das diferentes naturezas de Cristo — motivo para guerras! — dos éditos, dos conselhos dos sínodos sobre o filho de Deus,

     homem que não é homem, homem que não é Deus, parte deus parte homem; cadê Salomão e sua espada?
     É ser humano divino e republicano.

Certas pessoas parecem acreditar que têm o poder de escolher a hora da morte.

Sinto seringueiras soprarem palavras de consolo anunciado. A presença de Deus, deambulação da cabeça, acordo assim, de ponta-cabeça.

A seiva não vem de Tupã; cáustico. Branco Deus que queima, mata de gripe, varíola e sarampo.

Dez minutos em peso de sonecas passadas sustentam os braços em cruz. A eternidade, boba rima, pavor de não existir por estar tarde, quando à noitinha, lá fora, não há vida, e cada qual encerrado em melancolia contida.

Nas últimas horas de retiro, um vazio preenchido pelo todo. Tal sumiu de vez; os monges estão atarefados. Existência de natureza-morta; as bananas e abacaxis posando. Uma existência chata como a Terra que aplaina.

Pobres diabinhos, são tantos que se tornam norma, sentados sobre o baile do formigueiro regido por Satã.
O tinhoso sequer precisa se camuflar em histórias de, no máximo, dez segundos. Dez segundos, perecíveis após vinte e quatro horas, autofágicos como Hugolino, que, encarcerado com os filhos, se põe a devorá-los. Ninguém mais precisa do cão para se satisfazer. O deus da prosperidade, Baal barbudo de branco, vai entuchar promessas de lucro.
Coitado do capeta! Tampouco mete medo: esperto sem ser inteligente, constitui o mal mais verdadeiro que nossos desumanos olhos podem enxergar.
Demônios não concebem o Todo. De burrice ou de maldade, merecem reconhecimento: traço meio punk, até canino, de sua indiferença,
   de quem vive rápido e morre cedo,
  retornam ao vazio,
   de onde jamais deveriam ter saído.

Ouço de relance uma estranha confissão de um homem: sua mulher foi para um retiro budista, em alguma dessas praias caras. A ele, restaram esse retiro e a ideia de Deus, como quem é designado à tarefa de procurar algo que nunca viu antes.

Fascina-me o homem absolutamente medíocre — vaca corpulenta ou suíno estripado — que faz a história do sujo, próprio ao sagrado, por sua falta de espírito. Durante certo tempo, ser espirituoso suplantou a necessidade do espiritual; hoje; o católico é esmagado por Leviatã ou por Adão costal.

Pesquei, como quem dá a cabeça à decapitação, antes mesmo do fim das completas. Revi na missa os que sumiram naquele dia em que foram celebradas a profissão do monge e a Transfiguração privada. Houve os que não suportaram e, ofuscados, saíram do claustro antes do tempo.

Minutos antes do retorno, perambulo na cidade. De volta, uma mulher abre as portas da Igreja em plena missa, liberta um grito rouco e desmaia. Como cada um agiria? Só mais uma ideia frustrada, pois esse desespero ocorreu, pelo menos num canto de jornal.

Os carolas se alimentam de um putativo amor por Deus. Acreditam nele todos os dias, sem sentir o que quer que seja, porque já morreram. São como São Pacômio às avessas. Esgotados em sua obtusidade sem Graça, vivem à espera da morte que acreditam temer, mas, no fundo, a desejam ardentemente. Para eles não há Inferno, assim nos asseguram, sussurrando:

— O Paraíso é de um tédio sempiterno.

Como explicar alguém que busca abandonar todo o orgulho só para poder orgulhar-se de não ter orgulho?

Pacômio, o tolo, teria a resposta, santo-palhaço, digníssimo de amor. Recomendaram-lhe, certa vez:

— Pense em Deus a cada alento.

Daquele dia em diante, quando Pacômio descobriu que "alento" significa "respiro", deixou de comer e dormir, exausto e com medo de se esquecer de pensar em Deus a cada sopro do coração. Assim santificou-se o sufocado.

A flor se boja reto pra fora, despetalada até que o músculo a atinja. Ao hálito enrijecido de uma brisa, ou vindo do nariz, o algoz sente o mesmo ardor de Cristo, o excruciar da carne exposta, viva, queimando no ar.
No corpo, o lamento de não ter desembocado na piedade que Ele sentia por nós na cruz.

Volto à minha célula para aprontar a mochila, e me vêm as palavras de Rilke; algo como "A religião é a arte dos que não sabem criar".
Qual interesse nas penas de um homem comum,
        não fosse ele comum ao Aniquilador de pecados
        ao próprio Criador dos pecados —
        o Redentor?

Onde falta decência falta Satanismo. Onde falta Satanismo se enxerga o Mal; se não se enxerga o Mal, é porque se desviou do olhar de Deus, e não porque o olhar de Deus foi desviado.
E quem é mesmo Deus sem o Mal? "Quem é ele na fila do pão?"
O fim da religião.

O Bem, um exílio, é aborto em vida para quem gosta de ver os outros morrerem. Então, quem é você, programado profeta, para querer dejetar seu Bem sobre a essência pútrida, mas tão pura e verdadeira, do húmus do Mal?

Mal que vem direto, do reto ao fim.

Irmão Luís, também pungido por essas ideias, obrava compenetrado, dedicando-se à esmaltaria.
Monges brincando de bola. De tão entretidos em seu jogo, nem se deram conta da arma de Brahma descendo do céu.

Fim da estadia. Agradeci a Miriam, que não saiu do balcão para fechar as portas de vidro.

Um isolamento cada vez mais universal,
a solidão recria lembranças.
Culpo a tentação.
Ainda procuro me convencer de que o retiro não
mudará nada.
Um cão de estimação esterilizado
se desgarrou da matilha para se acomodar
num canto do chão,
onde lhe dão de comer em troca de amor.

"Ouviu falar de praga nesta cidade?"
A trupe do palhacinho que encontrei ao chegar, e que tinha cara de demônio, como todos os palhaços; todos se foram.

Aquiete-se, que a argúcia de Satã não faz uso de maquiagens e trajes de fantasia. É lá também que Deus se esconde.

De volta à cidade grande, Phocas continua jogado na cama.
O monge recém-feito, no claustro.

Reluto em acreditar que visões tenham existido.
Pois se as vi, de fato houve, reais aos não iniciados em fantasia, que ouvi de
          um Deus
            que faz-
              e-conta.

© 2024, Régis Mikail

Todos os direitos desta edição reservados à
Laranja Original Editora e Produtora Eireli

Edição **Bruna Lima e Filipe Moreau**
Revisão **Bárbara Waida**
Projeto gráfico **Arquivo [Hannah Uesugi e Pedro Botton]**
Imagem da capa **Gebrüder Mezger / Zentralinstitut für Kunstgeschichte**
Foto do autor **Roberto Borges**
Produção executiva **Bruna Lima**

LARANJA ORIGINAL EDITORA
E PRODUTORA EIRELI
R. Isabel de Castela 126 Vila Madalena
CEP 05445 010 São Paulo SP
contato@laranjaoriginal.com.br
@laranjaoriginal
laranjaoriginal.com.br

Dados Internacionais de Catalogação na Publicação (CIP)
(Câmara Brasileira do Livro, SP, Brasil)

Mikail, Régis [1982–]
  Rapiarium / Régis Mikail — 1. ed.
São Paulo: Editora Laranja Original, 2024
(Coleção Prosa de Cor; v. 19)

  ISBN 978-85-92875-94-7

  1. Romance brasileiro   I. Título

24-240597   CDD-B869.3

Índices para catálogo sistemático:
  1. Romances: Literatura brasileira B869.3

Aline Graziele Benitez — Bibliotecária — CRB 1/3129

COLEÇÃO **PROSA DE COR**

Flores de beira de estrada
Marcelo Soriano

A passagem invisível
Chico Lopes

Sete relatos enredados na cidade do Recife
José Alfredo Santos Abrão

Aboio — Oito contos e uma novela
João Meirelles Filho

À flor da pele
Krishnamurti Góes dos Anjos

Liame
Cláudio Furtado

A ponte no nevoeiro
Chico Lopes

Terra dividida
Eltânia André

Café-teatro
Ian Uviedo

Insensatez
Cláudio Furtado

Diário dos mundos
Letícia Soares & Eltânia André

O acorde insensível de Deus
Edmar Monteiro Filho

Cães noturnos
Ivan Nery Cardoso

Encontrados
Leonor Cione

Museu de Arte Efêmera
Eduardo A. A. Almeida

Uma outra história
Maria Helena Pugliesi

A morte não erra o endereço
Plínio Junqueira Smith

No meio do livro
Teresa Tavares de Miranda

Rapiarium
Régis Mikail

Fonte **Tiempos**
Papel **Pólen Bold 90 g/m²**
Impressão **Infinity**
Tiragem **150**